# leggimi! numero 11

biancoenero edizioni  SiNNOS editrice

Titolo originale:
*How Embarrassing is That?*
Pubblicato nel 2007 in Gran Bretagna da Barrington Stoke Ltd

Copyright © 2008 biancoenero edizioni (ISBN-13: 978-88-89921-20-3)
Copyright © 2008 Sinnos editrice (ISBN-13: 978-88-7609-123-0)

Font *leggimi* © Sinnos Soc. Coop. Sociale – ONLUS
Progetto di collana: biancoenero edizioni
Grafica e impaginazione: Sinnos Soc. Coop. Sociale – ONLUS

Finito di stampare nell'ottobre 2008 dalla tipografia CSR – Roma


biancoenero edizioni s.r.l.
Via dei Barbieri 6
00186 Roma
Tel. 06.6874091 – fax 06.6874571
Posta elettronica: info@biancoeneroedizioni.com
Sito internet: www.biancoeneroedizioni.org

Sinnos Soc. Coop. Sociale – ONLUS
Via dei Foscari, 18 – 00162 Roma
Tel. 06.44119098 – fax 06.62276832
Posta elettronica: libri@sinnoseditrice.org
Sito internet: www.sinnoseditrice.org
La Sinnos editrice è una Organizzazione Non Lucrativa di Utilità Sociale (ONLUS), che ha
come finalità il reinserimento lavorativo di persone svantaggiate.

Pete Johnson

# Che vergogna!

illustrazioni di Marianna Mengarelli

traduzione di Laura Russo

# Una nota dell'Autore

Ricordo: è stato il momento più brutto della mia vita.

Avevo 13 anni, ero alla festa di un compagno di scuola. Ero vestito davvero fico e anche le ragazze se ne accorgevano. Era bellissimo. Poi mi sono accorto di una cosa terribile: erano arrivati i miei genitori.

Poteva mai andare peggio di così? Sì, perché proprio allora mia madre e mio padre hanno cominciato a chiamarmi gridando. Più tardi mi hanno detto che avevano provato a suonare il campanello, ma nessuno li aveva sentiti. Vi sembra una buona scusa per giustificare un comportamento così mostruoso? Ho pensato che sarei morto dalla vergogna, ma non è successo.

I miei genitori, invece, hanno continuato a fare cose terribili. Quando i miei amici mi venivano a trovare, per esempio, non si limitavano a portare cose da bere e da mangiare per poi sparire discretamente. No. Preferivano rimanere lì a parlare con noi, e qualche volta anche per più di un minuto.

E se casualmente li incontravo per strada, pensate forse che i miei mi salutassero con discrezione bisbigliando "ciao" per poi andarsene immediatamente?

No. Mi seguivano camminandomi a fianco, in modo che ci vedessero tutti. Davvero imbarazzante, non credete?

Ora che sono cresciuto, e ho parlato con alcuni adolescenti, ho scoperto che tanti genitori si comportano così. Mi hanno raccontato storie davvero raccapriccianti.

Ormai avrete capito: l'argomento che stiamo per affrontare è proprio quello dei genitori imbarazzanti. Potrebbe ricadere nel genere horror, ma mi auguro che lo troverete anche divertente.

Il finale potrebbe scioccarvi, ma non voglio svelarvi di più adesso. Ci vediamo nelle pagine seguenti.

# Indice

## Capitolo 1

# Il momento peggiore della mia vita

«Ciao, Pippi!».

Mentre queste due parole rimbalzavano come un'eco per tutto il cortile, il sangue mi si gelava nelle vene per l'orrore. Susan, la mia migliore amica, ha commentato: «Che genitori mostruosi. E chi sarebbe questo Pippi, il loro gatto?».

Poi è scoppiata a ridere. Ho tentato di ridere anche io. Ma non è facile ridere quando il sangue ti si gela nelle vene.

Quel giorno la mia scuola era "aperta". I genitori erano stati invitati ad entrare nelle classi e ad assistere alle lezioni. Tutti gli altri genitori si guardavano semplicemente intorno senza dare troppo nell'occhio, solo due stavano dando spettacolo: i miei.

Fin dal primo giorno in cui avevo messo piede in quella scuola, avevo fatto di tutto per tenerli fuori da lì. Non era stato troppo difficile. Abitiamo piuttosto lontano. Avevo solo fatto in modo che nessuno dei miei amici venisse mai a casa mia.

Per maggiore sicurezza avevo anche strappato la lettera con l'invito per la "scuola aperta", ma in qualche modo i miei erano venuti a saperlo.

«Pippi, siamo qui!», si sbracciavano gridando. Questo succedeva durante la ricreazione, così praticamente tutta la scuola li stava guardando. Stavo diventando rossa dalla testa ai piedi.

Susan era rimasta a bocca aperta. Ha guardato loro... e poi ha guardato me. «Sembra che ce l'abbiano con te», ha osservato stupita. «Li conosci, Jane?».

«Non li ho mai visti prima d'ora», ho risposto. Poi ho aggiunto rassegnata: «In effetti li conosco: sono mia madre e mio padre».

In quel momento Mark, l'altro mio migliore amico, è corso verso di noi. «Allarme rosso genitori!», ha detto. «Chi credi che sia Pippi?».

«Temo di essere io», ho bisbigliato.

Un attimo dopo ci hanno raggiunto. Erano pazzi di gioia. «Ciao, banda!», ha gridato mia madre. «E ciao, Pippi», ha aggiunto sorridendo.

Probabilmente vi state chiedendo perché mi chiamavano Pippi.

Beh, quando avevo circa tre anni una volta me la sono fatta addosso. In quella occasione pare che io abbia detto: «Ho fatto la pippi nelle mutande». I miei ci hanno riso sopra per secoli, e anche adesso, che ho quasi 13 anni, continuano a chiamarmi Pippi. (Qualche volta mi chiamano anche signorina Pippi, il che, lasciatemelo dire, è anche peggio.)

«Ehi, ma questa scuola è fantastica!», ha gridato la mamma. Lei e papà si esaltano praticamente per qualsiasi cosa. È molto, molto stressante. La sfortuna ha voluto che quella settimana fossero tutti e due in ferie.

Per andare al lavoro papà deve mettere giacca e cravatta − fa un lavoro molto noioso in banca − così, quando ha un giorno libero, va fuori di testa. Come quel giorno, infatti. Eravamo solo a marzo, ma papà si era già messo sandali e pantaloni corti, e se vogliamo parlare della maglietta che aveva addosso mia madre... beh, tanto per dirne una era un po' troppo stretta per lei.

«Ti sei dimenticata di dirci che oggi la scuola è aperta ai genitori», ha detto papà. «Sei stata cattiva, signorina Pippi. Per fortuna abbiamo incontrato altri genitori per la strada e ce l'hanno detto... lo so che hai un sacco di cose a cui pensare. La signorina Pippi lavora davvero sodo», ha detto con il bisbiglio più udibile che avessi mai sentito, «passa ore e ore china alla sua scrivania per fare i compiti, dobbiamo continuamente dirle di riposarsi».

La mia faccia era così rossa che pensavo sarei morta di vergogna. Susan mi ha preso la mano e me l'ha stretta. Capiva che stavo soffrendo.

Mia madre si è girata verso i miei amici
e ha gridato: «Non ditemi i vostri nomi.
Tu devi essere Susan».

«Esatto».

«Mi è dispiaciuto molto sapere che quel ragazzo
ti ha lasciata», ha continuato mamma.

Ho boccheggiato. Susan ha guardato prima
me e poi mia madre con gli occhi sbarrati.

«Oh, sì. So tutta la storia», ha detto mamma.

*No, che non la sai*, volevo gridare. *Non te
l'ho detto io, è solo che una volta mi hai sentito
parlare al telefono con Susan!*

«E tu devi essere Mark», ha detto mamma.
«Devo dire che non sei affatto bassino.
E in ogni caso essere basso non è stato
un problema per Tom Cruise, non è così?».

Non riuscivo a guardare Mark in faccia.
La cosa che lo preoccupa di più in assoluto
è proprio la sua altezza. E mamma aveva
appena messo il suo grosso dito nella piaga.

«Sapete», ha detto mamma, «Jane non ha segreti
con me... siamo come due amiche, abbiamo
un rapporto molto aperto. Sa di poterci raccontare
qualunque cosa, noi non ci scandalizziamo
di nulla. Potete parlare di tutto con noi.
Ascoltiamo la vostra stessa musica. Non facciamo
che scaricare roba nuova da internet».

Era davvero convinta che saremmo stati
contenti di saperlo? Chi sarebbe contento
di sapere che i propri genitori ascoltano musica
che piace ai ragazzi?

Poi ha cominciato a parlare papà.
Aveva quel sorrisetto che conosco bene sul viso.
Mi sentivo male.

«Allora, ecco un quesito per voi giovani
intelligenti... Qual è la città più lunga
del mondo? Qualcuno lo sa?». Prima che
chiunque potesse rispondere lo ha fatto lui.
«Ventimiglia!», ha esclamato e poi si è messo
a ridere insieme a mamma.

«E adesso, sapete dirmi qual è la differenza
tra un elefante indiano e uno africano?

3.000 chilometri, è ovvio!». E ha continuato
a raccontare barzellette idiote per un bel pezzo
(ne conosce milioni, le trova su internet).

Sembrava non accorgersi delle deboli risatine
di cortesia che Susan e Mark si sforzavano
di produrre dopo avere ascoltato le sue battute.

Finalmente è suonata la campanella. Non ero
mai stata tanto felice che finisse la ricreazione.

«Bene, ora dobbiamo andare», ho detto
velocemente. «Non possiamo entrare in ritardo».

«Ma veniamo anche noi», ha detto mamma.
Persino lei doveva essersi accorta dello sguardo
di orrore che avevo sul viso perchè mi ha dato
una pacca sulla spalla di fronte a tutti.
«Non essere così preoccupata, Jane», ha detto.
«Ci metteremo a sedere in fondo alla classe
e staremo zitti zitti».

Ho bisbigliato a Mark e Susan che potevano
andare. Erano stati davvero coraggiosi.
Avevano sopportato i miei genitori per tutta
la ricreazione. Non potevo chiedere di più
nemmeno ai miei migliori amici. Sono schizzati
via mentre mamma gridava: «È stato bellissimo
conoscervi!».

Mi sono diretta verso la classe,
mi tremavano le gambe. Mamma e papà
mi camminavano accanto e parlottavano
eccitati come una coppia di pappagalli.

«Credo che dovremmo dire alla tua
professoressa che ci saremo anche noi»,
ha suggerito papà.

Dovete sapere che la mia professoressa
di lettere, Miss Wells, è molto severa.
Ero sicura che non avrebbe gradito avere
i miei genitori in classe. Con un po' di fortuna
forse avrebbe detto che non potevano restare.
Sarebbe stato fantastico. «Sì», ho detto,
«penso che sia un'ottima idea parlare
con Miss Wells».

La professoressa non era in classe,
ma ho pensato che potesse essere nella biblioteca
lì a fianco. La porta era socchiusa.
Mamma e papà hanno bussato e sono entrati.

Ho sentito papà che gridava. «Miss Wells,
ci sono due nuovi alunni per lei. Accidenti, non
c'è nessuno qui dentro, però guarda quanti libri!
Oh, guarda c'è *La Guerra dei Mondi*! L'ho letto
quando ero a scuola. È un libro fantastico!»,
ha strillato come un bambino di tre anni.

In quel momento mi è venuta un'idea.

La porta della biblioteca era tenuta sempre aperta perchè rimaneva bloccata se si chiudeva da fuori. E se qualcuno l'avesse chiusa inavvertitamente? I miei genitori sarebbero rimasti bloccati lì dentro... una soluzione perfetta!

Ho controllato che nessuno mi vedesse e con un'agile mossa ho chiuso la porta.

Mentre tornavo di corsa in classe il cuore
mi batteva all'impazzata.

«Dove sono i tuoi genitori?», ha chiesto Mark.

«Oh, hanno dovuto andare via», ho risposto
in fretta sedendomi al mio banco.

## Capitolo 2
# Chiusi dentro

La professoressa è entrata in classe.
Tutti hanno fatto silenzio. Miss Wells ha davvero
un brutto carattere. Una volta ha messo una nota
a un ragazzo solo perchè respirava troppo forte.

La professoressa stava controllando i nostri
compiti quando all'improvviso ho sentito
un rumore sordo, come un tuono in lontananza.
Dovevano essere i miei che sbattevano sulla porta
cercando di uscire.

Chiudere i propri genitori in biblioteca...
brutta storia, non credete? Mi rendevo conto
che dovevo tirarli fuori, ma poi ho pensato
a cosa avrebbero combinato in classe.
Avrebbero parlato ad alta voce e riso
per le loro orribili barzellette e...

rovinato la mia vita. Quindi la colpa non era mia se erano chiusi lì dentro, non mi avevano lasciato altra scelta.

In ogni caso non avevo intenzione di tenerli prigionieri tutto il giorno. Alla fine dell'ora di lettere li avrei tirati fuori, e comunque c'erano centinaia di libri in biblioteca, non si sarebbero annoiati, ho pensato.

In quel momento ho sentito di nuovo quel rumore. Era terribile. Ma nessuno tranne me sembrava accorgersene. Forse era solo il senso di colpa che mi faceva sentire quei rumori. Sì, doveva essere così.

Finalmente i tonfi sono cessati e si è fatto silenzio. A meno che... a meno che non ci fosse abbastanza aria lì dentro! Forse i miei genitori stavano soffocando!

Sono schizzata in piedi e ho chiesto di andare al bagno. Miss Wells seccata mi ha sibilato di fare in fretta. Mi sono precipitata in corridoio. Ho appoggiato l'orecchio alla porta della biblioteca. Pensavo che se li avessi sentiti respirare avrei potuto lasciarli lì fino alla fine dell'ora.

Poi mi sono accorta che qualcuno mi stava guardando.

Era il bidello. È un uomo grosso e sudato che gira per i corridoi e se la prende sempre con qualunque alunno si trovi fra i piedi. E in quel momento mi stava fissando accigliato.

«Oh, salve», ho detto con tono amichevole. «Fa già piuttosto caldo per essere marzo, non trova?».

«Cosa ci fai qua?», ha ruggito.

«Oh... beh, i miei genitori dovevano raggiungermi in classe ma sono spariti».

In quel momento all'interno della stanza si sono sentiti voci e rumori.

Il bidello ha fatto una faccia cattiva e ha tirato fuori un enorme mazzo di chiavi dalla tasca. Dopo qualche manovra e un paio di spintoni è riuscito ad aprire la porta. Mamma e papà sono cascati fuori.

«Oh, finalmente!», ha sospirato la mamma.

«Ma come accidenti avete fatto a rimanere chiusi là dentro?», ha chiesto il bidello.

«Immagino che qualcuno ci abbia fatto uno scherzo, ma per fortuna nessuno si è fatto male», ha risposto papà, contento come non mai. «Sapevamo che nostra figlia sarebbe venuta a salvarci... prima o poi».

Ai miei genitori non sarebbe mai venuto in mente che ero stata proprio io a chiuderli là dentro.

«Dove sei andata?», mi ha chiesto la professoressa seccata quando sono rientrata in classe.

«Scusate il ritardo», ha detto papà entrando. «Siamo rimasti chiusi in biblioteca. Ora ci troviamo un banco libero e ci sediamo buoni buoni. Quando andavo a scuola ero il cocco dei professori. Mi tenevano in una gabbia dietro alla lavagna!», ha aggiunto allegramente.

Spostando le sedie e il banco per sedersi
hanno fatto un rumore tremendo.
La professoressa li guardava in silenzio.
Mi sentivo morire.

«Li hai chiusi tu in biblioteca, non è vero?»,
mi ha chiesto Mark bisbigliando.

Ho fatto cenno di sì.

«Già», ha detto Mark. «Lo avrei fatto anch'io».

## Capitolo 3

# La gara

Erano le tre e mezza e la giornata
di scuola più lunga della mia vita era terminata,
finalmente.

Mark viveva solo a un paio di isolati
dalla scuola. Oltre alla camera da letto aveva
una stanza tutta per sé nel seminterrato.
La chiamava "la tana". Suo padre e la sua nuova
moglie non mettevano mai piede lì dentro
e neanche le sue sorelline. Era un posto
strettamente privato, davvero fantastico.

Susan, Mark e io ci chiudevamo lì dentro
per parlare dei fatti nostri. Ma quel giorno
non mi andava di parlare. Non è facile parlare
quando si è in stato di shock.

«Non mi riprenderò mai da tutto questo, vero?», sono riuscita a dire dopo un bel pezzo con un filo di voce.

«Certo che sì», ha risposto Mark con fermezza. «I tuoi genitori non sono poi così male».

L'ho guardato a bocca aperta.

«Beh, insomma, forse sì», ha ammesso.

«Guardami negli occhi e rispondi sinceramente», ho detto. «È vero o non è vero che a pranzo mia madre ha sentito l'odore del cibo e ha cominciato a gridare: *La zuppa l'è cotta, la zuppa l'è cotta*?».

Mark e Susan si sono lanciati un'occhiata. «Temo di sì», ha risposto Susan con un filo di voce.

«Ah, ecco. Speravo fosse solo un brutto sogno».

«Ma non tutti l'hanno sentita», ha detto Susan incoraggiante, «non ha una voce molto alta».

«È vero o non è vero che quando sono andati via mi hanno baciato tutti e due?», ho chiesto poi.

«I baci più appiccicosi che abbia mai visto»,
ha risposto Mark.

Susan gli ha rivolto un'occhiataccia.

«Me lo ha chiesto, dovevo dirglielo»,
si è scusato Mark.

Mi sono passata le mani sul viso.
«Non sopravviverò a tutto questo».

Mark e Susan sono rimasti in silenzio.

«La mia vita è finita, non è vero?».

«Oh, no! Sono sicura che la gente
dimenticherà... col tempo», ha detto Susan.

«Volete sapere una cosa davvero terribile?»,
ho domandato. «I miei genitori saranno convinti
di essere piaciuti un sacco a tutti. Non hanno
la minima idea di quello che hanno combinato.
Ho cercato in ogni modo di tenerli nascosti,
non è bello avere i genitori più imbarazzanti
del pianeta, e...».

«Qui, mi dispiace, ma ti sbagli»,
mi ha interrotto Susan.

«Mi vuoi dire che conosci genitori più imbarazzanti dei miei?», ho chiesto sbalordita.

«Sì, i miei», ha detto Susan.

Io e Mark ci siamo voltati a guardarla.

«Anche io ho stracciato la circolare del preside», ha detto. «Nessuno dovrà mai conoscere i miei genitori. Vi siete chiesti perchè non vi ho mai invitato a casa mia?».

«Ho solo pensato che venivamo sempre qui perchè era più vicino a scuola», ho risposto. «Comunque i tuoi genitori non possono essere come i miei».

«Sono molto peggio», ha sospirato Susan.

«È impossibile!», ho gridato. «Nessun genitore canta *La zuppa l'è cotta, la zuppa l'è cotta* davanti alla scuola intera o racconta le barzellette più orribili che...».

«Mio padre non racconta mai le barzellette», mi ha interrotto Susan. «Sorride solo due volte l'anno. E ti parla come se avessi tre anni».

Mark ci guardava in modo strano.

«Sapete cosa penso? Questo è un quesito
davvero interessante. Chi ha i genitori
più imbarazzanti? Dovremmo trovare
un modo per stabilirlo. Potremmo passare
un po' di tempo prima con i genitori di Susan...
tuo padre sembra davvero orribile, non vedo l'ora
di conoscerlo, e poi con i tuoi, Jane.
Potremmo stabilire un punteggio per ogni cosa
imbarazzante che fanno. Alla fine sommiamo
i punteggi e vediamo chi ha vinto.
Che ne dite?».

Susan ci ha pensato su. «Sono sicura che i miei vincerebbero facilmente».

Ho scosso la testa. «Mi dispiace, ma non credo che esistano genitori peggiori dei miei».

«Sarà una gara entusiasmante!», ha concluso Mark.

Così abbiamo stilato una lista di azioni imbarazzanti.

*Un punto* se un genitore indossa vestiti non adatti alla sua età, parla a voce troppo alta o ha una risata fastidiosa.

*Due punti* se parla dei gruppi musicali del momento o usa parole "da ragazzi".

*Tre punti* se fa storie per cose poco importanti o se parla di scuola con i tuoi compagni.

*Quattro punti* se ti tratta come un idiota, per esempio se ti aiuta ad attraversare la strada o ti sgrida di fronte a tutti.

*Cinque punti* se balla o canta in pubblico.

*Sei punti* (massimo) se ti bacia o ti abbraccia davanti a scuola.

«Possiamo stabilire la gravità di altre situazioni più tardi», ha detto Mark. «Ma questo ci dà già un'idea su come funziona il punteggio.
Dato che non ho genitori in competizione, farò da giudice».

Susan e io eravamo d'accordo.

«Siete davvero sicuri di voler conoscere mio padre?», ha chiesto Susan.
«Perché invece non andiamo direttamente a vedere un film horror?».

«No, non vedo l'ora che la gara cominci», ha detto Mark. «E vinca il peggiore».

## Capitolo 4

# Una serata da mille punti

Due giorni più tardi Mark e io siamo andati
a casa di Susan.

Sulla porta lei ha bisbigliato: «State entrando
a vostro rischio e pericolo. Qualunque cosa
succeda... ve la siete cercata».

La madre di Susan ha aperto la porta.
«Sono davvero felice di conoscervi», ha detto
in modo abbastanza normale.

Abbiamo posato i nostri zaini all'ingresso e
lei ci ha chiesto, molto gentilmente, se potevamo
levarci le scarpe. A casa di Mark nessuno
ci aveva mai chiesto di fare niente del genere.

«Ecco qua, cinque punti per me»,
ha bisbigliato Susan.

«No», ha detto Mark. «Tua madre non ha fatto troppe storie, ti assegno un solo punto per questo».

In punta di piedi siamo entrati in salotto.

La casa sapeva di pulito, tutto era lucido e splendente. «È sempre così ordinato qui?», ho chiesto a Susan.

«Sì», ha risposto Susan con aria truce. «Devo aiutare i miei a fare le pulizie tutti i fine settimana. Un sacco divertente».

«Comunque fino ad ora i tuoi genitori
hanno totalizzato solo un punto», ha detto Mark.

«Aspettate», ha sospirato Susan. «Aspettate
e vedrete».

Qualche istante dopo la mamma di Susan
è entrata in salotto. «Volete seguirmi
per favore?», ci ha chiesto a bassa voce.

L'abbiamo seguita in ingresso.
Ha scosso la testa come se fosse successo
qualcosa di terribile.

«Sembra che ci sia un problema serio qui»,
ha detto indicando gli zaini che avevamo lasciato
per terra in un angolo. «Mai, mai lasciare
gli zaini, per terra così, soprattutto la notte.
Ora metteteli in un posto sicuro».

Li abbiamo infilati in un armadio
sotto alle scale.

«Ecco, quello è un posto sicuro»,
ha detto soddisfatta.

Mi è scappato da ridere. Non ho potuto
trattenermi. Parlava dei nostri zaini come
se fossero pericolose bombe pronte ad esplodere
da un momento all'altro.

Poco dopo la madre di Susan è entrata
in salotto portando biscotti e cose da bere.
Mentre ci tuffavamo sul vassoio abbiamo sentito
delle voci all'ingresso.

La porta si è aperta e il padre di Susan
è entrato. Era un uomo alto e grosso con la faccia
rossa. Ai piedi aveva un paio di pantofole
che facevano uno schiocco ogni volta
che muoveva un passo. Piuttosto ridicolo.

«Buonasera, bambini», ha detto,
come se avessimo cinque anni.
«Gli amici di Susan sono sempre benvenuti.
Susan, hai chiesto ai tuoi amici se per caso
vogliono qualcos'altro da mangiare?
Vedo che hanno i piatti vuoti».

«No, non gliel'ho chiesto», ha borbottato
Susan che cominciava a diventare rossa.
«Volete qualcos'altro?».

Mark e io abbiamo risposto che non volevamo nulla.

«Stanno solo facendo complimenti!», ha esclamato il padre. «Porta qualcosa da mangiare. Devo dirti io come prenderti cura dei tuoi ospiti?».

Susan si è alzata subito ed è sparita in cucina. Poi suo padre si è rivolto a Mark. «Anche per te la matematica è un problema come per Susan?».

«Beh, sì. Suppongo di sì. Detesto le frazioni», ha risposto Mark.

«Le frazioni sono facili», ha urlato il padre di Susan. «Se ci metti la testa, è chiaro».

Poi si è girato verso di me. «Qual è la tua materia preferita, Jane?».

«La mia... lettere, credo».

«Qual è l'ultimo voto che hai avuto?».

A quella domanda mi si è bloccato il cervello. «L'ultimo voto...», non mi veniva in mente niente. «L'ho dimenticato», ho risposto con un filo di voce.

«Dimenticato?», ha gridato lui.
Sembrava molto sorpreso.

«Hai preso sette più, non ti ricordi?»,
ha suggerito Mark.

«Sì, infatti. Ho preso otto più... voglio dire
sette più». Il padre di Susan mi lanciava
delle occhiatacce e io cominciavo a confondermi.

«E di solito quanto tempo impieghi
per fare i compiti, Jane?».

«Oh, circa un'ora», ho risposto.
Ma in realtà non ne avevo idea.

«Un'ora!», ha ripetuto lui stupefatto.

«Beh, qualche volta un po' di più»,
ho aggiunto timidamente.

«Ai miei tempi passavamo almeno tre ore
al giorno a fare i compiti», ha tuonato lui.
«Ho scritto un mucchio di lettere a scuola di Susan
per chiedere che le diano più compiti».

«Già, proprio così», ha sospirato Susan
che era tornata in salotto con un vassoio pieno

di cose da mangiare.

Suo padre si è alzato in piedi.

«Possiamo accendere la televisione?»,
gli ha chiesto.

«Voi giovani passate troppo tempo davanti
a un televisore o a uno schermo di un computer»,
ha sbuffato tirando fuori un telecomando
dalla tasca.

Non potevo crederci.

Ha acceso la televisione e ha cominciato
a fare zapping finché non ha trovato
un documentario sugli elefanti. «I documentari
sugli animali sono l'unica cosa che vale la pena
di guardare oramai. Cerchiamo di proteggere
Susan da tutta la spazzatura che c'è in TV.
Ogni tanto si arrabbia, però sa che lo facciamo
per il suo bene». Ha rimesso in tasca
il telecomando e se ne è andato.

«Hai visto che roba? Si è portato via
il telecomando», ha boccheggiato Mark,
sconvolto.

«Decidono loro cosa devo guardare»,
ha spiegato Susan. «Qualche volta magari
sto guardando un film o altro e mio padre
viene e cambia canale».

Mark scuoteva il capo. «Non posso credere
che ti abbia preso il telecomando.
È più che imbarazzante, è... crudele».

«Lo hai veramente scioccato quando
gli hai detto che ci mettevi solo un'ora

a fare i compiti!», ha detto Mark ridendo.

Ho riso anche io. «E come mi guardava... faceva più paura del preside».

«Molto di più», ha detto Susan con un ghigno. «Allora, quanti punti ho totalizzato?».

«Tua madre ha guadagnato cinque punti per averci fatto mettere via gli zaini, e tuo padre si è aggiudicato sicuramente altri quattro punti per tutte quelle domande imbarazzanti».

«Cinque punti per essersi portato via il telecomando e altri cinque per il programma sugli elefanti», ho aggiunto io.

La porta si è aperta e il padre di Susan è entrato di nuovo. «Si imparano un sacco di cose interessanti da questi programmi, non è vero Jane?».

«Oh, certo», ho convenuto.

«Allora, cosa hai imparato?», mi ha chiesto.

«Ho imparato...». Ancora una volta avevo

il cervello paralizzato. «Beh, gli elefanti sono davvero grossi, non le pare?».

Il padre di Susan ha grugnito ed è uscito.

«Tuo padre penserà che sono una completa idiota».

«Credo proprio di sì», ha detto Susan ridendo.

Dopo un pomeriggio passato sulle spine finalmente è arrivato il momento di tornare a casa. Quando siamo andati a riprendere gli zaini abbiamo beccato la mamma di Susan con il mio quaderno di lettere in mano.
«Non ti dispiace se do un'occhiata, vero Jane?», mi ha chiesto.

«N no, non c'è problema», ho balbettato io.

«È solo che hai dei voti più alti di Susan in lettere, e volevo sapere perché.
Penso che tu prenda voti più alti di lei solo perché il tuo quaderno è molto ordinato».

Ho annuito. Perché la madre di Susan si impicciava di queste cose?

Ero davvero infastidita.

«È molto triste», ha osservato Mark
mentre tornavamo a casa. «Gli adulti
non hanno niente di meglio da fare?
La madre di Susan si è resa davvero ridicola.
È stata una serata da mille punti.
Non so se i tuoi genitori potranno mai
battere i suoi».

## Capitolo 5
# I miei pazzi genitori

Quando ho detto ai miei che quel giorno
avrei invitato Mark e Susan a casa,
hanno fatto i salti di gioia.
«Eravamo in pensiero perché non hai mai
invitato nessuno finora», ha detto mamma.

«Non preoccuparti», mi ha assicurato papà.
«Renderemo la visita dei tuoi amici davvero
speciale».

In qualunque altra occasione quelle parole
mi avrebbero terrorizzata, ma questa volta
con l'aiuto dei miei ero sicura di vincere
la gara. E anche se i genitori di Susan
erano andati alla grande, nessuno poteva essere
più imbarazzante dei miei.

Era un bel giorno di primavera, così mamma
ha deciso che avremmo mangiato fuori.
Lei e papà erano indaffarati a sistemare il tavolo
da picnic quando ha suonato il campanello.

«Vai ad aprire ai tuoi amici, Pippi»,
mi ha detto la mamma tutta felice.

Ho aperto la porta a Susan e Mark.

«Dove sono?», mi ha chiesto subito Mark.

«In giardino», ho risposto. «Mangeremo lì».
Li ho portati in salotto e per un po' di tempo
i miei genitori non si sono fatti vedere.

«Nessun punto finora», ha mormorato Mark.

Poi improvvisamente la porta si è aperta
e i miei sono apparsi. C'era qualcosa
che non andava, avevano tutti e due un'aria
molto seria. «Qualcuno», ha detto mio padre
con aria truce, «non si è pulito bene i piedi».

Susan e Mark si sono agitati sulla sedia.

«Quindi devo chiedervi di mostrarmi le suole
delle vostre scarpe. Adesso».

Imbarazzati, Susan e Mark hanno alzato
i piedi. Già sapevo cosa sarebbe successo,
ma loro non ne avevano idea. Susan sembrava
davvero preoccupata.

In quel momento mamma e papà sono
scoppiati a ridere. «Ci siete cascati!»,
hanno gridato in coro.

«Scusa tesoro», ha detto mamma a Susan
«Abbiamo solo voluto farvi uno scherzetto.

Vi prometto che non dovrete mai più fare niente del genere. Abbiamo solo una regola in questa casa...», e tutti e due hanno continuato in coro: «Rilassarsi e divertirsi! Allora, siete pronti?».

«Sì», ha bofonchiato Mark.

«Non ti ho sentito», ha urlato papà.

«Sì!», ha gridato Mark.

«Così va meglio!», ha detto papà.
«Adesso rilassatevi e divertitevi... e non fate caso a noi, siamo solo un po' matti».

Mamma ha sorriso a Mark: «Scommetto che non hai mai incontrato genitori come noi».

«No», ha risposto. «Davvero no».

«Vuoi vedere una foto di Pippi che cade in una pozzanghera?», ha chiesto la mamma facendo l'occhiolino a Susan. E subito ha tirato fuori tutte quelle orribili foto di quando ero piccola. Ne aveva circa un miliardo.

«Ora sì che stai guadagnando punti», mi ha bisbigliato Mark in un orecchio.

Poi siamo usciti. È stata una merenda
fantastica. I miei hanno tirato fuori un mucchio
di cose buonissime da mangiare, questo devo
riconoscerlo.

Dopo un po', naturalmente, papà ha cominciato
a raccontare le sue orribili barzellette.
«Vediamo un po' ragazzi, perché in America
fa freddo?», ha chiesto gridando. «Perché è stata
scoperta».

A un certo punto mia madre si è rivolta
a Susan: «Allora cara, parliamo un po' di mali
d'amore... come va il tuo cuore spezzato?».

Susan è diventata rossa come un papavero.

«Ecco altri cinque punti per te», ha sibilato
Mark. «I tuoi genitori sono terribili però
mi piacciono. Sono divertenti, molto diversi
dal padre di Susan. Per questo penso che loro
siano ancora in vantaggio, solo di qualche
punto, però».

Ma di lì a poco sarebbe successo qualcosa
di davvero orribile.

## Capitolo 6
# Spaventose novità

«Devo chiedervi di tornare in salotto», ha detto papà con un sorriso. «C'è una sorpresa per voi».

Si è allontanato in fretta e Susan mi ha chiesto sottovoce: «Sai cosa sta per succedere?».

«Non ne ho idea», ho risposto.

In salotto papà ci aspettava con una chitarra in mano. «Chiederò a questa bella signora di spiegarvi di che si tratta», ha detto sorridendo a mamma che entrava in quel momento.

«Il mio ragazzo», ha detto la mamma, «è talmente preoccupato per la sorte del nostro pianeta che ha scritto una canzone dal titolo *Manteniamo pulita la Terra*».

«Che bello», ha detto Mark cercando di non scoppiare a ridere. «Accidenti», ha aggiunto a bassa voce, «sono davvero scatenati!».

Confesso che in quel momento ho provato quasi una punta di orgoglio.

Papà ha cominciato a strimpellare qualche accordo. Non era proprio un disastro e non era neanche bravissimo, diciamo che la cosa era ancora accettabile... almeno finché mamma non ha cominciato a cantare.

Qualche anno fa mamma ha lavorato in un paio di spot pubblicitari e per questo si considera ancora un'attrice e una cantante part time.
Mi era già capitato di sentirla canticchiare di tanto in tanto, ma solo adesso mi rendevo conto di che voce orribile avesse.
Più che cantare ululava, produceva un suono simile a quello di un gatto in amore nel cuore della notte.

«Coraggio, cantate con me: *Salviamo la terra! Salvala tu, tu...*», cantava indicandoci con un dito. «*Tu, tu e tu*». Ormai Mark sussultava trattenendo

il riso mentre la voce di mia madre saliva
di un tono. «*Dipingi di blu, il cielo lassù.
Ritornerà il blu, perché ci sei tu*».

Susan incredula si è levata gli occhiali
e poi se li è rimessi di nuovo, Mark teneva
un cuscino davanti alla bocca.

Lentamente la voce di mia madre
è andata scemando... «*La terra*», ha sospirato.
«*Salviamola*». Poi la testa le è caduta in avanti
come se le sue batterie si fossero esaurite.
Papà ha smesso di suonare e mi sono resa conto
(con orrore) che aveva il viso bagnato di lacrime.

«Questo è un pezzo che abbiamo scritto noi»,
ha detto tirando su col naso. Si è inchinato,
la mamma finalmente si è rialzata e si è inchinata
a sua volta. Sono rimasti così, tenendosi per mano,
mentre noi applaudivamo, poi papà ha detto:
«Mi fa piacere che la canzone vi piaccia,
perché la canteremo nella vostra scuola
durante l'assemblea, venerdì prossimo».

Tutto il mio corpo in un attimo si è fatto
di ghiaccio. «Cosa?», ho detto con un filo di voce.

«Sì, abbiamo già parlato col preside, Pippi.
Ha organizzato un'assemblea sulla salvaguardia
dell'ambiente. Ha pensato che cominciare
con questa canzone fosse un'idea grandiosa».

«La musica può essere molto più convincente
di tante parole, non è così?», ha chiesto
la mamma.

Non ho potuto rispondere, ero sul punto
di vomitare. Mi è sfuggito un rutto.

«Qualcuno ha gradito la merenda!»,
ha osservato ridendo mio padre.

Poi i miei sono andati a preparare altro tè.
Mentre si allontanavano ho sentito papà
che diceva a mamma: «Hai espresso tutto
il sentimento che era nella mia canzone.
Grazie, tesoro».

Ho avuto un altro conato di vomito.
Ero talmente scioccata che avevo la sensazione
d'essermi scolata sei litri di bevande gassate
tutte in un colpo. «Una volta che avranno suonato
quella canzone dovrò lasciare la scuola per sempre.

Non portò sopravvivere a questo.
Diventerò lo zimbello di tutti...»,
ho detto quando ho ritrovato la voce.

«Beh, forse dopo cinque sei mesi potresti
ritornare», ha provato a consolarmi Susan.

«No! Devono essere fermati», ha esclamato
Mark. «Non dovranno mai cantare quella
canzone all'assemblea».

«Ma come posso fermarli!?», ho chiesto.

«Digli semplicemente che fanno pena»,
ha suggerito Mark.

«Non mi crederebbero», ho risposto
tristemente. «Vivono in un sogno, tutti e due».

Mamma e papà sono rientrati.
Era chiaro che non avevano la minima idea
di quello che stavano per fare. Non sapevano
che avrebbero rovinato la mia vita per sempre.

«Cantare di fronte a tutta quella gente
deve essere davvero imbarazzante», ha buttato lì
Mark. «Perché non provate a cantarla prima
di fronte a qualche amico?».

Per un momento ho sperato che accettassero quel consiglio, ma poi mamma ha detto: «Non preoccuparti per noi, caro. Sentiamo di doverlo fare perché vogliamo che tutti i vostri compagni abbiano qualcosa su cui riflettere».

«Sicuro che avranno qualcosa su cui riflettere», ho borbottato a bassa voce. «Penseranno che siete una coppia di idioti». Poi ho chiuso gli occhi e ho avuto il terzo conato di vomito.

Cosa potevo fare?

## Capitolo 7

# La vincitrice

Come impedire ai genitori di Jane
di cantare all'assemblea di venerdì.

1) Nascondere la chitarra
   di suo padre.

2) Nascondere la sveglia.

3) Sgonfiare le ruote della macchina.

4) Fare finta che a Jane sia venuta
   una malattia grave.

5) Fare finta che la scuola
   sia bruciata.

6) Scrivere una lettera finta
   del preside che dice che tutte
   le assemblee sono state cancellate
   perché il soffitto della scuola
   è crollato.

Indovinate quale di queste opzioni abbiamo scelto? Sì, esatto, la numero 6.
Le altre ci sembravano troppo folli o rischiose, ma la numero 6 poteva funzionare.
Mark è bravissimo a falsificare le firme, i miei avrebbero creduto davvero che la lettera venisse dal preside.

Ma, per essere credibile, la lettera doveva essere scritta su carta della scuola, e questa si trovava solo nell'ufficio della segretaria, la signora Green. Durante la ricreazione, mentre lei prendeva il caffè della macchinetta, Mark avrebbe potuto entrare in segreteria e rubare un po' di fogli. Sarebbe stato facile.

Il piano però presentava un solo problema: la signora Green non usciva mai per prendere il caffè, rimaneva nel suo ufficio durante tutta la ricreazione.

Mark, Susan e io l'abbiamo spiata mentre lavorava. «Tutti escono ogni tanto per fare due chiacchiere, ma lei mai!», ha ruggito Mark.

«Non potremmo scrivere la lettera
su carta normale?», ha chiesto Susan.

«Potremmo anche farlo», ha risposto Mark,
«ma una lettera scritta su carta intestata
avrebbe quel tocco in più per farla sembrare
vera. Ed è importante che i genitori di Jane
la credano autentica».

«Molto importante», ho convenuto.

A un tratto mi è venuta un'idea.
Potevo fare finta di svenire proprio di fronte
alla segreteria! La signora Green sarebbe accorsa
per soccorrermi e Mark avrebbe potuto scivolare
nel suo ufficio per rubare qualche foglio.

«Pensi di poterlo fare?», mi ha chiesto Susan.
Sembrava preoccupata. «Non è che scoppierai
a ridere come fai sempre?».

«No, il problema è troppo grave», ho risposto.

Così mi sono messa proprio di fronte alla porta
della signora Green e ho cominciato a lamentarmi.
La signora Green non ha neppure alzato gli occhi
dalle sue carte. Allora ho lanciato un grido di dolore

che assomigliava moltissimo alle urla che emetteva
mamma cantando.

Questa volta la signora Green ha sentito.
Si è alzata di scatto ed è corsa versó di me.

Ho cominciato a oscillare a destra
e a sinistra. Susan, più tardi, mi ha detto che
sembrava che ballassi e non che stessi per svenire.
Ma ha funzionato. La signora Green sembrava
davvero preoccupata.

«Cosa succede?», ha gridato spaventata.
È una donna piccola e magra e porta un paio
di occhiali con la catenella.

«Non so», ho ansimato, «stavo camminando
e all'improvviso ho sentito un dolore terribile».

«Dove?», mi ha chiesto.

«Ha cominciato a farmi male la testa»,
ho boccheggiato, «ma ora il dolore è passato
alle braccia e anche alla schiena», poi, pensando
che forse stavo esagerando, ho aggiunto,
«ma le gambe non mi fanno male».

«Vado a chiamarti l'infermiera», ha detto lei. «Tu siediti nel mio ufficio».

Ho visto che Mark stava ancora rovistando freneticamente in cerca della carta.
«Posso rimanere ancora un po' qui?»,
ho ansimato allora mettendomi una mano sul petto. «Non riesco a respirare bene».

La signora Green era sempre più preoccupata. «Credo proprio che sia meglio che l'infermiera ti dia subito un'occhiata...», ha detto.

In quel momento ho visto che Mark sgattaiolava fuori dall'ufficio comunicandomi a gesti che aveva preso i fogli.

«Sa una cosa, signora Green?», ho detto. «Improvvisamente mi sento molto meglio».

«Cosa?», ha borbottato lei.

«Già, all'improvviso tutto quel dolore che avevo è scomparso». Proprio mentre dicevo questo è suonata la campanella.
«Grazie signora Green, lei è stata di grande aiuto», ho gridato allontanandomi. «Arrivederci!».

E sono sparita prima che avesse il tempo
di fermarmi.

Dopo la mensa ci siamo ritrovati tutti e tre
in cortile per scrivere la lettera falsa.

*Cari signora e signor Adams,
spero godiate entrambi di buona
salute.*

*Purtroppo devo darvi una tragica
notizia: una parte del soffitto
della nostra scuola è crollato.*

*Questo incidente si è verificato
senza alcun preavviso. Per fortuna
nessuno è rimasto ucciso, anche se
il nostro guardiano è coperto di
lividi.*

*Sfortunatamente non abbiamo più
un locale dove tenere le assemblee,
così sono state tutte cancellate,
probabilmente per molti anni.*

*Il vostro umile preside.*

E poi veniva la parte migliore della lettera...
la firma. Mark ha riprodotto la firma
del preside in modo perfetto. Susan e io

(e anche Mark per essere onesti) non riuscivamo
a smettere di ammirarla.

G. *Warrington*
*Giles Warrington*
*Il Vostro Preside*

«Quella firma potrebbe ingannare chiunque»,
ho detto io.

Mark ha annuito orgoglioso.

Più tardi sono tornata dalla signora Green.

«Come ti senti, cara?», mi ha chiesto.
Sembrava preoccupata.

«Mai stata meglio», ho risposto.
«Ma potrebbe dire al preside che i miei genitori
non potranno cantare all'assemblea di domani?
Hanno perso la voce, tutti e due».

«Oddio!», ha esclamato la signora Green.

«Sì, mi hanno appena tel... voglio dire
mi hanno mandato un messaggio».

«Hanno mal di gola?», ha chiesto la signora
Green.

«Ecco, è proprio quello che hanno»,
ho annuito. «Ci sarà un bel silenzio a casa stasera,
non crede?».

Non sono andata a casa di Mark dopo scuola.
«Voglio consegnare subito la lettera ai miei»,
ho dichiarato.

«Beh, prima che tu vada via c'è una cosa
che vorrei consegnarti», ha detto Mark
progendomi un diploma sul quale c'era scritto:

# JANE,

## SENZA DUBBIO TU HAI
## I GENITORI PIÙ IMBARAZZANTI
## DEL MONDO

*Eppure riesci a sopportarli,*
*congratulazioni.*

«Allora ho vinto», ho detto sorridendo.

«Con uno scatto finale», ha risposto lui.
«La canzone ha fatto la differenza».

Sono uscita da scuola canticchiando.
Alla fine tutto sembrava andare per il meglio.
Ma all'improvviso sono rimasta paralizzata.
Mamma e papà erano lì fuori. «Abbiamo fatto
un salto, volevamo vedere l'aula magna»,
mi ha comunicato la mamma.

«Dobbiamo stabilire un feeling con la sala»,
ha detto papà strizzandomi l'occhio.
«Tutti i grandi cantanti lo fanno».

Ero sconvolta. «Mi dispiace papà, tutte
le assemblee sono state cancellate».

«Stai scherzando!», ha esclamato papà.

«Perché?», ha chiesto la mamma.

Tutti e due sembravano così angosciati che
mi è quasi dispiaciuto per loro. «Ecco qui,
ho una lettera del preside», ho detto.

Ho aperto lo zaino e... indovinate cosa?
Non riuscivo a trovare la lettera da nessuna parte.
Ho cominciato a tirare tutto fuori mentre
mamma e papà mi guardavano.

«Eppure sono sicura che c'è», ho borbottato.
Stavo già per andare nel panico, quando
alla fine l'ho vista. L'ho presa ansimando
e l'ho data a mia madre.

«È tutto scritto qui», ho detto.
E poi è successo qualcosa di davvero terribile.

Ho visto che papà guardava in fondo
al mio zaino. Il mio cuore ha cominciato
a battere a precipizio, ma ormai era troppo tardi.
Papà aveva già in mano il mio diploma
che diceva:

# JANE,

## SENZA DUBBIO TU HAI I GENITORI PIÙ IMBARAZZANTI DEL MONDO

*Eppure riesci a sopportarli, congratulazioni.*

Papà sembrava confuso.
«Che cos'è questo, Jane?», ha chiesto.

«Oh, quello?», ho riso. «Quello è...»,
come potevo dirglielo? Cercavo disperatamente
di inventarmi qualcosa.

Qualunque cosa.

Poi ho visto che mamma prendeva in mano
il foglio con i punteggi che Mark mi aveva dato
insieme al diploma.

È stato allora che ho capito di essere davvero
nei guai.

## Capitolo 8

# Quello che i genitori non devono mai fare

L'ora seguente è stata davvero orribile.

Ho deciso che non avrei neanche provato a inventarmi qualcosa. Mi trovavo in un pasticcio di proporzioni gigantesche. No, avrei detto la verità ai miei. Avevano vinto il concorso per genitori più imbarazzanti e forse potevano anche riderci su. Ma per una volta non avevano voglia di ridere, anzi per un momento ho creduto che papà stesse per svenire per lo shock.

«Ma chi ci ha assegnato questo "riconoscimento"?».

Ho spiegato loro quello che era successo.

«Quindi abbiamo vinto?», ha sussurrato
la mamma.

«Per quanti punti?», ha chiesto papà.

«Oh, non molti...», ho risposto con un filo
di voce.

«Ma cosa c'è di così imbarazzante in noi?»,
ha continuato papà. «Siamo così aperti
e amichevoli...».

«Forse troppo amichevoli qualche volta»,
ho detto. «Inoltre fate cose tremende come
per esempio cantare all'assemblea».

«E cosa c'è di male in questo?», ha gridato
la mamma. «Cantiamo perché vogliamo salvare
la Terra, Pippi!».

«I genitori non dovrebbero mai cantare»,
ho proclamato con fermezza. «È la cosa più
imbarazzante che si possa fare. E un'altra
è chiamare i propri figli con nomignoli orribili,
come Pippi, per esempio».

«Non ti piace essere chiamata Pippi?!!»,

ha chiesto sbalordita la mamma.
Sembrava davvero sconvolta.

«Lo detesto», ho risposto.

Ci sono stati alcuni istanti di silenzio carico
di significato. «Quali sono le altre cose che
i genitori non dovrebbero mai fare?»,
ha chiesto poi papà.

«I genitori non dovrebbero mai ballare,
parlare ad alta voce o vestirsi come se fossero
dei ragazzi». E dopo una pausa ho aggiunto:
«O raccontare barzellette cretine».

Papà ha guardato in terra.
Per un po' è rimasto zitto, poi ha sussurrato:
«Pensavo che le mie barzellette fossero
divertenti...».

«Quella lettera che ci volevi dare non era scritta
dal preside, vero?», ha chiesto la mamma.

«No», ho ammesso. «In realtà era falsa.
So che non avrei dovuto farlo, ma sono entrata
nel panico. Cioè, se aveste cantato domani
all'assemblea avrei dovuto cambiare scuola,

non avrei potuto mai più rimettere piede
qua dentro».

Papà e mamma si sono afflosciati su una
panchina come due palloni sgonfi.
«Pensavamo di essere dei genitori fantastici»,
ha sospirato papà. «Hai un'idea di quanto fosse
triste tuo nonno? Ho voluto essere diverso
da lui ed essere allegro e socievole. Ma ecco
il risultato: siamo i genitori più imbarazzanti
del mondo. Non riesco a crederci».

«È come un brutto sogno», ha convenuto
la mamma.

«Allora davvero non vuoi che i tuoi genitori
si divertano?», ha chiesto papà con un'aria
un po' offesa.

«Ma sì, certo!», ho gridato. «In privato
sicuramente, ma mai, mai in pubblico.
E soprattutto, quando incontrate i miei amici,
vorrei che non parlaste di gruppi rock,
per esempio. E che non faceste domande diverse
da "Come va?", che si può chiedere e va bene.
Ma a parte questo, vorrei che non diceste altro,
vi prego».

«Sai, è buffo», ha detto la mamma.
«Ho sempre pensato che più che dei genitori
fossimo degli amici per te. Pensavo che non avessi
segreti per noi».

«Nessun ragazzo della mia età dice tutto
ai suoi genitori», ho spiegato.

«Bene», ha detto la mamma, «non preoccuparti.
Avevamo un messaggio importante da comunicare
a tutti, ma non canteremo all'assemblea
di domani».

«Grazie», ho sussurrato. «Quando siete da soli
potete cantare, naturalmente».

«Sei davvero gentile», ha detto la mamma.

Per il resto della serata mamma e papà
non hanno quasi aperto bocca. Ma il silenzio era
molto peggio di quello che potete immaginare.
Era quasi... sinistro, direi. I miei genitori
sembravano tristi e stanchi.

Prima di andare a letto la mamma ha detto:
«Non dimenticarti questo», e mi ha restituito
il diploma. Mi veniva quasi da piangere.

«Devo strapparlo?», le ho chiesto.

«Oh, no», ha risposto subito mamma.
«Lo hai meritato per averci sopportati.
È tuo, complimenti! Puoi anche appenderlo
in camera tua, se ti va».

«Non potrei farlo», ho detto.

Sono corsa in camera è l'ho buttato in fondo
a un cassetto.

Il giorno seguente ho raccontato a Mark
e a Susan quello che era successo.

«Avresti dovuto aprire lo zaino in camera tua
e non di fronte ai tuoi», ha osservato Mark.

«Lo so. È solo che... sono stata presa
dal panico».

«Almeno non canteranno all'assemblea...»,
ha detto Susan. «Almeno questo».

«Già», ho convenuto. «È solo che ora sembrano
così depressi...».

Non ero ansiosa di passare in casa
il fine settimana, sarebbe stato orribile.
Ma quando sono tornata a casa mamma stava
sorridendo... un po'. «Ciao tesoro, com'è andata
oggi?», ha chiesto.

Poi è arrivato papà. «Abbiamo capito tante cose
ieri Jane, e ora abbiamo bisogno del tuo aiuto.
Ce lo darai?», ha chiesto.

«Sì», ho risposto. A cosa stavano pensando?

«Beh, la nostra idea potrà sembrarti
un po' strana, ma alla fine credo che funzionerà
per tutti».

Ho ascoltato il loro programma.
Questo non me lo sarei mai aspettato.

# Capitolo 9
# Una scoperta sconvolgente

Più tardi ho telefonato a Mark.

«Puoi venire da me domani pomeriggio?
Ti devo avvertire che l'invito viene da parte
dei miei».

«Perché vogliono vedermi?», ha chiesto Mark.

«Non so bene», ho risposto.

«Sanno che sono stato il giudice nel concorso...
quindi probabilmente, vogliono vendicarsi»,
ha sospirato.

«Chissà, non saprei... ma hanno detto
che hanno imparato la lezione e vogliono
dimostrarmi che sanno comportarsi bene».

«Mhmm...», Mark ci ha pensato su.

Dopo un po' ha detto: «Verrò, certo.
Sono curioso di vedere come si comporteranno
adesso».

Il pomeriggio seguente mamma e papà
non hanno quasi detto una parola.
Avevo la sensazione che stesse per succedere
qualcosa, ma non sapevo bene cosa.
Quando è suonato il campanello i miei genitori
non si sono precipitati ad aprire come al solito,
ma papà ha detto: «Vai ad aprire tu, Jane»,
ed è salito di sopra con aria solenne seguito
da mamma.

Ho aperto la porta, era Mark. Si è guardato
intorno.

«Sono di sopra», ho spiegato. Poi ho annunciato
ad alta voce: «Papà, mamma, Mark è qui».

Nessuna risposta.

Siamo andati in salotto. Sentivo che i miei
si muovevano al piano di sopra.
Poi si è fatto silenzio.

«È molto strano», ha bisbigliato Mark.

«Pensi che se ne stiano di sopra perché sono offesi o ci vogliono solo dimostrare che sanno lasciarci in pace?».

Poi abbiamo sentito dei passi sulle scale.

«Eccoli», ha detto Mark.

Eravamo tutti e due piuttosto nervosi.

La porta del salotto si è aperta molto lentamente. Ho fatto un salto per lo spavento. Mamma aveva indossato un lunghissimo abito nero che le arrivava alle caviglie e aveva in testa un nastro dello stesso colore. Non sembrava proprio mia madre. Anche il suo viso era diverso, aveva una espressione... serissima.

«Buon pomeriggio», ha detto con un leggero inchino.

«Salve signora Adams», ha detto Mark.

«I miei rispetti, signore», ha detto lei inchinandosi di nuovo.

Ho riso stupita. «Perché parli così?».

Ma neanche l'ombra di un sorriso ha sfiorato il viso di mia madre. «I signori desiderano qualcosa?», ha chiesto.

Mark la guardava con la bocca spalancata.
Ma io ho deciso di stare al gioco.
«Certo. Prenderemmo del tè con un po'
della vostra torta migliore».

«Subito, signori», ha risposto la mamma,
e si è inchinata di nuovo. Poi è uscita e ha richiuso la porta molto dolcemente dietro di sé.

Appena è uscita Mark mi ha chiesto,
«Quella *era* tua madre, giusto?», poi ha fatto «Shh!», quando la porta si è aperta di nuovo.
Questa volta era mio padre, vestito di nero.
Si è inchinato profondamente e si è avviato lentamente verso la tavola con un vassoio pieno di dolci.

«Il tè sta per arrivare, signori», ha detto.

«Cosa sta succedendo, papà?», ho chiesto.

Mio padre ha ignorato la domanda.

Ha messo i dolci sul tavolo. Il suo sguardo era talmente serio che avrebbe fatto sembrare il Conte Dracula un amicone.

La mamma è entrata in salotto portando una grossa teiera. Ci ha servito il tè con zucchero e latte. Poi, insieme a papà, si è messa in piedi vicino alla porta. «I signori desiderano altro?», ha chiesto lei.

«Vorrei solo che voi due la smetteste di fare gli stupidi», ho detto.

«Oh, non temete. Non ci comporteremo mai più da stupidi», ha risposto papà con voce grave. «Non ci sorprenderete mai più a ridere, cantare, parlare ad alta voce o raccontare barzellette cretine», ha detto inghiottendo a fatica. «E questa è una promessa», e con un ultimo inchino tutti e due sono usciti dal salotto.

Appena siamo rimasti soli Mark è scoppiato a ridere. «Non potrei mai immaginare mio padre e la mia matrigna che si comportano in questo modo».

«Sei fortunato», ho risposto.

«Non direi», ha detto lui. «A volte penso che la vera famiglia siano mio padre, la sua nuova moglie e le loro due figlie. Io sono un estraneo, uno che abita lì. Penso che il motivo per cui mi hanno dato quella stanza al piano terra è che così non li disturbo».

«No, questo non è vero», ho protestato.

«Un po' è vero», ha continuato. «Mi danno troppa libertà, è come se non avessi molto a che fare con loro. E poi non ci divertiamo mai insieme... qualche volta vorrei quasi che fossero un po' imbarazzanti».

Non avevo mai sentito Mark parlare così prima. «I tuoi genitori invece», ha continuato, «sono davvero matti».

«Sì, è vero», ho convenuto... e improvvisamente mi sono sentita orgogliosa di loro.

Mamma e papà sono rientrati, hanno sparecchiato la tavola con sussiego, e quando Mark ha chiesto: «Come va?», papà ha risposto: «Molto bene signore. Grazie per il suo interessamento».

Poi Mark si è alzato per andare a casa.
Mia madre, con un ultimo inchino, gli ha porto
il cappotto: «Spero che abbia gradito la visita,
signore», ha detto.

«È una visita che non dimenticherò mai»,
ha risposto Mark. E mi ha fatto l'occhiolino.

Dopo che è uscito mi sono girata e ho guardato
i miei genitori. Ero un po' seccata ma mi veniva
anche da ridere. «Che razza di storia è questa?»,
ho chiesto.

«Era quello che volevi, o no?», ha detto
la mamma. «Non volevi che i tuoi genitori
cantassero, ridessero o chiacchierassero
con i tuoi amici. Volevi genitori vestiti
in modo squallido, che non aprissero mai bocca
e servissero cibo e cose da bere... in altre parole
volevi che ci comportassimo come domestici
di altri tempi».

«No!», ho protestato.

«Oh, sì invece!», ha detto la mamma.
«Così abbiamo deciso di darti una dimostrazione
pratica».

In quel momento ho capito una cosa.
I genitori che non ti mettono in imbarazzo
possono essere terribilmente monotoni e noiosi.
Mia madre e mio padre erano divertenti
e se fossero stati diversi mi sarebbero mancati.
Ero abituata alle risate che ci facevamo insieme.

Questa consapevolezza era sconvolgente.
Ero stata davvero cattiva con loro e ora
mi vergognavo. Per questo ho sorriso e ho detto:
«Sapete una cosa? Sono contenta che voi siate
un po' imbarazzanti».

La mamma ha sorriso.

«Bene, ti promettiamo di non chiamarti mai più
Pippi di fronte ai tuoi amici. E che non canteremo
mai a un'assemblea, promesso!».

«Vi ringrazio moltissimo», ho detto.

«Il fatto è», ha detto papà, «che abbiamo
provato quella canzone così tante volte che ora
è quasi un capolavoro. Ci piacerebbe molto
che qualcuno la ascoltasse».

«Bene, allora potete cantarla per me».

Papà è corso in camera sua a prendere
la chitarra, poi tutti e due, ancora vestiti
da domestici, hanno cantato di nuovo la loro
canzone, per me. La cosa buffa è che la canzone
non sembrava più così orribile. «È davvero
molto meglio di prima!», ho detto.
Ed ero sincera.

Come brillavano gli occhi di mamma e papà!
Beh, ogni tanto i genitori vanno incoraggiati
un po', non credete?

E infatti mio padre si è talmente gasato che
ha ricominciato subito a raccontare barzellette.

«Sai cosa ha detto l'ultimo dei Mohicani?»,
mi ha chiesto.

«No, non lo so, me lo dici?», ho risposto.

«Ha detto: aspettatemi!».

E volete sapere una cosa?
Mi ha fatto ridere.

# Nota dell'illustratrice

Ballerine lucide, calze lunghe, gonna a pieghe
e il mio maglione preferito.
Eccomi pronta per la festa di Tullio, compagno di classe.
Questa volta mi sentivo veramente carina.

Quando sono arrivata con la mamma c'era la musica
e alcuni già ballavano. Intimidita dalle danze aspettavo,
un po' in disparte, di prendere coraggio per unirmi
agli altri.

Ma ecco la mamma correre in mio "aiuto".
Mi ha preso per mano e ha cominciato a ballare scatenata
incitandomi a fare lo stesso... CHE VERGOGNA!

www.mariannaillustrazioni.com

# Si ringraziano per la consulenza scientifica:

Sandra Beronesi, laureata in Filosofia e logopedista, si occupa da anni di educazione delle sordità.

Lucia Diomede, laureata in Terapia della Neuro e Psicomotricità dell'Età Evolutiva, terapista presso il Dipartimento di Scienze Neurologiche, Psichiatriche e Riabilitative G. Bollea, Università degli Studi di Roma "La Sapienza".

Alessandra Finzi, psicologa cognitiva.

Roberta Penge, neuropsichiatra infantile, ricercatore presso il Dipartimento di Scienze Neurologiche, Psichiatriche e Riabilitative G. Bollea, Università degli Studi di Roma "La Sapienza" e presidente dell'Associazione Italiana Dislessia.

Con la loro collaborazione sono stati individuati i criteri sintattici, logico concettuali e tipografici che guidano la realizzazione della collana.

# Le scelte di leggimi!

**leggimi!** è una collana che nasce dall'incontro fra biancoenero edizioni e la Sinnos editrice.

Biancoenero è specializzata nella pubblicazione di volumi d'arte e di narrativa che vogliono raggiungere tutti i bambini, anche quelli con difficoltà. Ha pensato ad una nuova collana dedicata a chi ha problemi di lettura, e su questo progetto ha incontrato la Sinnos editrice, che da 15 anni pubblica libri di intercultura, prevalentemente per bambini e ragazzi, in tante lingue diverse.

Caratteristiche dei volumi di **leggimi!**:

**1.** I testi evitano le strutture sintattiche lunghe e le frasi complesse, preferiscono una progressione sequenziale degli eventi e sono suddivisi in paragrafi e capitoli brevi, arricchiti da chiare e frequenti immagini che ne facilitano la comprensione.

**2.** Sono stampati su carta opaca color avorio, che non stanca la vista, abbastanza pesante da evitare effetti di trasparenza della stampa.

**3.** Un nuovo font (leggimi.otf) è stato appositamente studiato per ridurre al minimo gli effetti di confusione che derivano dalla lettura di alcune lettere, come le speculari d b, p q, e quelle che si assomigliano per forma e andamento delle linee, coma la a, la o, la e, ecc. Esse sono state differenziate al massimo, lavorando sulle grazie e sull'orientamento degli ovali, nonché sulla spaziatura tra i caratteri (pari quasi alla loro larghezza) e tra le linee di testo (interlinea doppia).

**4.** Inoltre, le normali procedure di giustificazione del testo e di sillabazione sono state escluse dall'impaginazione di questi libri. L'interruzione di riga segue il ritmo del racconto e le parole non vengono mai spezzate, per non interrompere il flusso naturale della lettura.

Per l'utilizzo del font leggimi! potete consultare il sito www.sinnoseditrice.org